KB271349

린다 김군자 시집

별이 빛나는 바닷가

over a wall
poetry
12

별이 빛나는 바닷가

린다 김군자 시집

담장너머

눈과 귀가 낡아서 무뎌진 오감의 반응으로
드러내는 내 속마음이 글이 되는 것 같아
부끄럽기까지 합니다
바로 그 뭉툭하게, 모나지 않게
둥글게 보이는 덕성이
바람과 햇빛과의 오랜 우정 끝에야
비로소 우러나오는 묵은 장맛 같은 지혜라는 것을
나는 뒤늦게야 깨달았던 것입니다.
지금도 꾸밈없이, 가식없이
마음속으로 글을 쓰고 싶은 심정으로
조심스럽게 제 마음을 열어나가렵니다
두 번째 책을 낼 수 있게
뒤에서 응원과 힘을 준 52년 짝꿍에게도
감사하단 말을 전하고 싶습니다

2010년 여름
린다 **김 군 자**

묶음 하나
먼 동이 트기 전

보고 싶은 마음 _ 13
사랑에 눈뜰 때 _ 14
사랑받는 여자 _ 15
그리워 _ 16
텅 빈 가슴에 _ 17
그대 사랑 _ 18
소중한 당신 _ 19
산수유 _ 20
별이 뜨는 밤 _ 21
사무치는 그리움 _ 22
철없던 사랑 _ 24
우리 삶이 두터워져 _ 26
사랑 _ 27
보고픈 날엔 _ 28
오월을 보내며 _ 29
작은 소망 _ 30
내 모습은 어디에 _ 31
무주 _ 32
먼 동이 트기 전 _ 34
커피 한 잔 _ 35

묶음 둘
별이 빛나는 바닷가

길 · 1 _ 39

그대여 _ 40

봄이 오는 소리 _ 41

내 마음의 봄 _ 42

포근한 사람 _ 44

온양 그랜드호텔 _ 45

행복한 아침 _ 46

만남 · 1 _ 47

봄인사 _ 48

약속 _ 49

꿈 _ 50

사랑하는 마음 _ 51

만나고 싶은 사람 _ 52

속마음 _ 53

사랑 하나 심어주기 _ 54

사랑합니다 _ 55

별이 빛나는 바닷가 _ 56

사랑할래요 _ 57

사랑하고 싶은 사람 _ 58

가랑비 _ 59

묶음 셋
따스한 눈길

그대 사랑 _ 63

빈 둥지 _ 64

안부 _ 65

인생길 _ 66

따스한 눈길 _ 67

소중한 시간들 _ 68

가버린 친구 _ 69

사랑 _ 70

나를 달래줄 사람은 _ 71

나 어릴 적 _ 72

삶 _ 74

당부 _ 76

형님의 팔순 _ 78

오빠 _ 79

엄마의 사랑 _ 80

엄마 사랑해 _ 81

영원토록 내 가슴에 숨쉬는 당신 _ 82

귀밑머리 파뿌리 _ 83

그때는 몰랐습니다 _ 84

남은 생은 아름답게 _ 85

묶음 넷
미련없이 떠나련다

가을 _ 89

편지 _ 90

가을 그리고 그리움 _ 91

가을엔 고백할래요 _ 92

가을이 깊어갑니다 _ 93

가을 대관령 _ 94

삼척 동해 바다 _ 95

환선동굴 오르며 _ 96

만남 · 2 _ 97

해돋이 _ 98

황태 북어국 _ 99

보내버린 시간들 _ 100

고통 _ 101

나는 어디에 _ 102

철책선 까마귀 _ 103

눈이 내리는 날 _ 104

겨울 신정호 _ 105

길 · 2 _ 106

무엇인가 _ 107

미련없이 떠나련다 _ 108

먼 동이 트기 전

보고 싶은 마음

막상 보면 덤덤한데 멀리 있어 못 보면
그리움만 가슴에 쌓이고
보고 싶은 마음뿐인 것을

며칠 소식 못 받으면
가슴 짠해오는 것은 왠지
그립다못해 가슴이 저려오니
애꿎은 컴퓨터와 밤을 새우며
소식을 전하려

보고 싶은 것은 사랑 때문이란 걸

사랑에 눈뜰 때

내 마음속에는
맑은 물이 솟는 옹달샘 있어
샘물이 솟아 흐르면 다람쥐 토끼 산새들
물 한 모금에 즐겁고 행복해
쉬임없이 흐르는 냇물도 있어
맑고 깨끗한 강 수많은 물고기들 자유롭고
행복하게 아름답게 모두 모여 잔치하지

이 작은 가슴에
천사 같은 행복을 가득 담고
사랑하는 마음 새록새록 눈뜨는 꽃동산
내가 사랑하는 소중한 사람
이 세상에 하나밖에 없는 당신인걸
그 무엇보다 큰 사랑, 마음속 깊이
사랑 열매 알알이 달아매고
행복하게 살아가렵니다

사랑받는 여자

긴 세월에
빈 껍질로 씻겨갔지만
가을에 곱게 물든 나뭇잎 따다 머리핀 꼽는
여자가 되고 싶다

썰물로 빠져나간
회한의 낙조로 물드는
사랑의 흔적 애틋한 마음에 손 흔들어주는
여자가 되고 싶다

그리움에
눈시울 적시며 속눈썹에 매달린 세월
가슴에 움키고 살포시 눈감는
여자가 되고 싶다

그리워

당신의
품에 안길 때마다
힘에 겨워 쌓인 피로 저만큼 멀어지지요
포근한 당신의 품, 당신 끝없이 보고파집니다
넓은 가슴이 그리울 때 힘겨우면 버팀목으로
힘이 되어주는 당신 더욱 그립습니다
내 잘못도 당신의 탓인 양
사랑을 귀히 여기는
당신의 따스한
눈길

옛이야기 하며
마음 속에 행복 가득 담고
오래도록 친구같이
살고 싶습니다

텅 빈 가슴에

그대 사랑 가슴에 파고들면
심장이 뜨거워 터질 것 같아
그대에게 달려갈 수밖에
사랑이 고통스럽지 않도록
다시 찾아주신다면
얼마나 행복할까요
그대를 그리워하는 마음만큼
간밤 꿈에서 만난 그대에게
사랑한다 말할 수 있었는데
떨리는 손 닿을 수가 없습니다
문턱을 뛰어 넘는 세월
아직도 텅 빈 가슴
그대 사랑의 바람 불어와
행복하게 살고 싶습니다

그대 사랑

맑고 푸른 하늘에 사랑 두둥실
떠가는 구름도 화려한 여행을 하며
푸른 강물과 놀자는데
세월 속에 밀려가는 사랑
그리움은 강물같이
넘칩니다

산을 한번 쳐다봐요
눈을 부릅뜬 새 한 마리
내 마음 물고 날아가려하지만
그대 사랑 소나무 가지에 걸어놓고
혼자라도 바라볼래요

소중한 당신

밝은 눈으로
당신을 볼 수 있어 행복입니다
내가 힘들어할 때 용기를 주는 당신입니다
온누리 밝음은 꿈에서 깨어나듯
당신에게 움트는 사랑으로 남고 싶습니다
하늘을 볼 때마다 하얀 구름 위를 달리는
그런 기분으로 당신 곁에 있습니다
솜털같이 따듯한 당신의 사랑
나는 사랑합니다

유수 같은 세월
신이 내린 축복 속에
사랑하는 이 마음 영원하리라 믿습니다
이 세상에서 제일 사랑하는 사람
이 글을 읽어주는
당신입니다

산수유

당신은 아시나요
대문 빗장 걸어놓지 못하고
뼛속까지 스미는 눈보라 속에도
당신이 보고파 얼어붙은 얼굴 곱게 단장하고
당신께 제일 먼저 보이려고
노란 꽃망울 터뜨리며
당신을 기다리건만

당신 품에 안기기도 전
혹독한 눈보라가 얼굴을 할퀴고 지나갑니다
그 고운 빛깔 잊어버릴까봐
당신을 목메어 기다리건만
어찌 그리 오시기 힘드신가요
당신의 포근한 가슴에
얼어붙은 이 마음
녹이고 싶습니다

별이 뜨는 밤

필리핀 밤하늘에
당신이 보고 싶다는 말 전하며 별이 될래요
50년, 한치 어김없이 내 가슴에
사랑을 주었듯이 나도 사랑을 드릴래요

오늘 밤 유난히 찬란한 빛
별 중의 별 당신이 가장 멋있고 큽니다
두 손 꼭 잡고 동네 한 바퀴를 돌던 기억 더듬으며
별을 세며 당신을 생각하고 있어요

너무 보고 싶어

사무치는 그리움

보고 싶구나
왜 이리 마음이 짠하고
그리움이 가슴을 적시는지 모르겠다
속절없이 가버리는 게 세월이라지만
너를 본 지도 1년이 지났으니

1년 내내 네 생각으로 가득 차있었단다
정말 보고 싶다 정말
어디를 가도 모두 너처럼 보이고
누가 부르는 소리만 들어도 혹 네가
나를 부르는 것 같아
뒤돌아보게 되니
말이다

네가 보는 앞에선 강한 척 하지만
되돌아오려면 눈물이 먼저 나니 어쩌면 좋을지
행여나 약한 마음은 갖지 않으려 해도
약해지는 마음 어쩔 수 없단다

내가
너를 얼마나 사랑하고 있는지
넌 모를거야

정말 보고 싶고 사랑한다 정말
정말

철없던 사랑

철모르는 어린 나이에
당신을 만났습니다
세월이 지날수록 조금씩
내 마음을 차지했습니다
당신이 내 곁에 없으면
허전하고 보고 싶고 궁금한 게
그게 사랑인 줄 몰랐습니다
시간을 조금이라도 더
같이 보내고 싶었습니다

당신을 만나기 위해서 겪었던
그 아픈 지난 이별이 내겐
서러움이었습니다
이젠 내 곁에서 나를 지켜주는
당신을 보며 웃고 싶습니다
내가 기댈 수 있는 사람은
이 세상에 오직 당신뿐입니다
난 영원이란 말을 믿고 좋아합니다
그 어떤 일도 당신과 함께라면
헤쳐나갈 수 있을 것 같습니다

항상 당신을 바라보면서
행복해하고 싶습니다
좋아지는 당신을 바라보면 볼수록
이젠 사랑한다고 말하고 싶습니다
내 마음 변하지 않음을
당신께 보여주고 싶습니다

영원히 당신을 사랑합니다

우리 삶이 두터워져

아침에 눈뜨면
당신 생각에 전화합니다
잘 잤다는 당신의 목소리를 들으며
새 아침을 열고 있습니다

대수술로 한 달을 못산다는 당신 앞에서
언 몸 녹이는 따뜻한 사랑을 느꼈습니다

만약에 그때 이별을 하였다면
물속 세상이 얼마나 아름다운지
사랑하며 사는 게 얼마나 황홀한 것인지
지금 이 행복 아마 모르고 살 것입니다

우리 삶이 두터워져
더 아름다운 사랑을 하고 있습니다
제 손 꼭 잡고 놓지 말고
오래도록 내 곁에 있어주세요
사랑합니다

사랑

사랑은 아픔입니다
지나고 나면 아무 것도 아닌 것을
누가 누굴 사랑한다는 게
얼마나 힘들고 얼마나
괴로운 것인지

내 생을 다하는 그날까지
나와 살아줄 사람은 오직 당신
당신을 사랑하기에
아픔을 참으렵니다

보고픈 날엔

산에 오른다
사랑이 그리운 날엔 같이 걷던 그 길을 걸으며
당신이 그리웠다고 혼잣말을 한다
정말 보고 싶고 그리웠다고
당신의 넉넉한 품에
안기고 싶었다고

민들레 홀씨되어
당신의 마음에 사뿐히 내려앉아
깊은 뿌리 내려놓고 노란 얼굴 내밀며
사랑 나누며 살고 싶다고
말을 해봅니다

오월을 보내며

아카시아꽃 향기 내 가슴으로 깊게 스며들고 이에 질세라 라일락 향은 보고픔과 그리움에 빠트립니다 오늘도 꽃 앞에서 당신이 그리워 내 귀엔 아무것도 들리질 않으니 어쩌면 좋을까요

많은 소리들이 언어 이전의 표정으로 우리에게 다가오지만 마음으로 듣는 소중한 삶의 지혜를 우리는 초록의 잎에서 배워야 하지만 오월은 내 손에서 떠나려 벌써 손가락 사이로 빠져나갑니다 그 섬세한 아픔 속에서 안으로 익어가는 우리의 나날 작은 이별의 슬픔도 가라앉고 유월을 맞아야 합니다 우리들의 사랑도 싱그럽게 새롭게 희망을 안고 살아가야겠습니다

꽃이 피는 시각은 영원한 창조의 언어 지는 시간은 아쉬움과 그리움이 가슴을 파고들어도 하늘과 땅이 함께 열리는 눈부신 또 하나의 아침을 맞아야 합니다 영원히 가슴속에 남을 수 있는 삶의 모습으로 잊혀지지 않는 꽃으로 사랑으로 남고 싶습니다

작은 소망

내 소망은 그냥 식구들 건강하면 돼
밥은 한 끼만 때워도 되구
같이 도리도리 살고 싶은 마음
달빛 환한 밤에 반딧불이 나르고
하늘엔 별이 빛나는 그런 곳
마당엔 베이 말린 쑥으로 모깃불 피워놓고
깔아놓은 멍석에 옹기종기 모여앉아
도란도란 이야기 나누고 사랑을 나누며
살고 싶은 것이 전부인걸

당신은 아시는지요

내 모습은 어디에

세월이 가면 갈수록 내 모습 간 곳 없고
어머니 모습만 남으니 어찌하면 좋을까요
삶의 순리라 하기엔 받아들이기 너무 힘듭니다
잘 웃던 내 얼굴에 웃음마저 빼앗아 가버리니
난 지금 어쩌라구요

뽀드득 뽀드득 하얀 눈을 밟으며
지금껏 살아온 것 모두 지워버리고
다시 그림을 그리고 싶어지는
마음뿐입니다

행복하고 아름다운 꿈을

무주

며칠 변덕부리던 날씨가 화창하다
꼬불꼬불 대관령보다 더 가파른 산길을 오르면
덕유산과 무주호를 한눈에 볼 수 있는 적상산전망대
마치 평지에 있는 것같이 물이 가득 담긴 무주호

한 폭의 그림 속 안국사를 둘러보고 내려오는 길
산속에서 트럼펫소리가 마음을 흔든다
동굴에 와인을 숙성시키는 '머루와인 비밀의 문'
조금 떫고 약간은 달작지근하다

금산 복수면 백암리 한우 암소타운
주민등록 있다는 한우 불고기전골 맛에 취한다
사골과 사태 양손 가득 들고 발길을 이어간다

입구부터 차가 올라갈 수가 없게 많은
사람 자동차 관광버스 양 옆으로 만개한 벚꽃
가족 연인 외국사람 손잡고 거니는 행복한 모습
동학사 올라가는 길 꽃 속을 날아가는 천사가 된다

카메라를 이리저리 돌리며 꽃향을 담고
서툰 영어로 외국사람들 사진도 찍어주고
이메일 주소를 받아 보내주기로 약속한다
꽃을 보니 몸이 가벼워진다

며칠을 감기로 앓다가 떠난 길
감사하고 행복한 마음으로 더 많은 이들에게
이 향기를 나눠주고 싶다

먼 동이 트기 전

밤새워 그리웠던 님
먼동이 트면 잊혀질까
그래도 그리우면
밤을 기다려 꿈속에서 만나볼까

벽에 걸린 시게소리
째깍 째깍 잠을 깨우니
그리운 님 보러 갈 꿈을 부르네
먼동이 트기 전 어서 꿈을 청해야지

커피 한 잔

사랑의 여운이 모락모락 피어오르며
당신의 얼굴이 떠오릅니다
이 커피 한 잔은 그리움이 담긴 커피랍니다
당신이 마실 두 번째 커피를 탑니다
사랑을 듬뿍 넣습니다

아련한 추억과 그리움을 자아내는 커피가
그리워질 때도 있지만
오늘 커피를 은은하게 타는 것은
오래도록 당신의 향이 내게 남기를
바라기 때문입니다

당신이 못견디게 보고플 때 참기 위해 한 잔
당신을 기다리다 지치면 또 한 잔을 타겠습니다
당신이 비록 내 곁에 없어도 마주앉은 것처럼
그리움과 보고픔을 마시겠습니다

별이 빛나는 바닷가

길 · 1

우리는 살아가는 길 위에서 즐겁고
기쁜 일을 만나게 되면
가슴 뿌듯한 행복 느끼게 됩니다
하지만 언제나 행복한 마음이 드는 것은
아니지요

때론 숨이 가쁜 고갯길을 오를 땐
주저앉고 힘이 들어
울어버리고 싶을 때도 많지요
하지만 힘들게 넘어오면
정말로 평평한 행복한 길
되겠지요

그대여

5월에 맑고 푸른 하늘을 쳐다보세요
마음도 푸른 하늘같이 맑아지고 예뻐지지요
사랑하는 마음도 생기고
누군가를 만나서 사랑의 이야기로
수다를 떨고 싶기도 하지요

5월에 산을 한번 쳐다보세요
하얀 아카시아꽃이 만발하고
꽃향기는 온 동네를 덮는 아름다운 사랑향기
스며드는 아카시아꽃 향기처럼
사랑의 마음 전해보세요

봄이 오는 소리

채 녹지 않은 언 땅에서 캐낸 냉이
박박 씻어 쌀뜨물 복복 받아넣고
장독에서 된장 한 숟가락 푹 퍼다 풀고
폭 끓인 냉잇국에 하얀 쌀밥 한 숟가락
홀홀 불며 우리 님과 같이 먹고 싶어라

산달래 한줌 캐다 깨소금 참기름 넣고
양념장에 따끈한 밥 살살 비벼 봄을 먹으며
아름다웠던 옛이야기 한소쿠리 담아놓고
개울가 돌미나리 뿌리째 맑은 물에 살살 씻어
살짝 데쳐 새콤달콤 초고추장에 조물조물 무쳐
우리 님 드리고

개나리 민들레 한아름 따다
방안 가득 봄향기 듬뿍 담아놓고
우리 님과 사랑 나누며 행복해야지

내 마음의 봄

새벽 4시 잠에서 깨어 뒤치락거리는데
내 옆 짝꿍도 잠에서 깼나보다

눈을 뜬 김에 구 온양으로 생수를 받으러 가려고
아파트 현관을 나서는데
안개비가 자욱하게 내려 잎이 안보인다
그래도 살살 가기로 했다
세상은 차 하나 없이 조용하고
촉촉히 내리는 안개비는
자는 나무를 자꾸 흔들어 깨우며
얼굴을 씻어주고 있다
어서 봄을 알리라고 성화를 한다
낮에 봤던 매화 큰애기 젖가슴인양 부풀어 오르고
산수유도 질새라 부풀어오르고 있다

어느 집 앞을 지나다보면
선잠을 깬 강아지가 짖어대기도 하고
평화로운 새벽 깊이 잠든 집 추녀밑도 지나
거리를 봐도 우리 둘 밖에 없는 새벽길
봄이 내 가슴으로 상쾌하게
먼저 오는 느낌이 들었다

오랜만에 내가 1등이다
물을 받으려면 늘 줄을 서서 기다려야 하는데
물이 철철 흘러 도랑으로 내려가니
너무 아까운 생각이 든다
물병을 꺼내 씻고 물을 받으면서도
너무 감사한 마음이 든다
이 시간 이렇게 좋은 물을
그것도 그냥 얻을 수 있으니 얼마나 감사한지
물을 다 받고 돌아오면서
나도 모르게 감사의 노래가 절로 나며 행복하다

오늘은 행복하고 좋은 일만 생길 것 같다

포근한 사람

봄과 같이 포근한 사람을 생각해 본다

그 사람은 마음속 사랑이 가득한 사람
늘 사랑과 희망이 넘치는 사람
얼굴 가득 웃음이 넘치고 기뻐하는 사람
포근하고 사랑이 넘치는 사람
누구에게나 친절하고 명랑한 사람
은혜가 넘치며 생명을 소중히 여기는 사람
감사와 고마움을 아는 사람
진취적이고 매사 긍정적인 사람
불평하기보다 운명으로 받아들이며
자신의 처지를 불평하기보다
그 안에서 해야 할 바를 수행하는 사람
어려움 속에서도 희망과 용기를 잃지 않고
늘 희망차게 하루를 시작하는 사람

그런 사람이 행복을 만들어나갈 것이다

온양 그랜드호텔

아침부터 싸락눈이 내리더니
낮에는 비와 함께 질퍽이며 내렸습니다
저녁이 되니 함박눈으로 변하면서
까만 밤하늘에 하얗게 펑펑 쏟아졌습니다

가로등 불빛에 눈내리는 광경 너무 아름다워
거리로 나가 밤새 걷고 싶었습니다

아침에 눈을 뜨니 세상은 하얗게 변했습니다
장독 나무들 모두모두 깨끗하게 변했습니다
춥지만 않으면 깨끗한 세상으로
그냥 남아있으면 좋겠습니다

아름다운 우리 아산을 찾으시는 사람들을
조금이나마 도와드려야겠습니다
깨끗한 마음으로

행복한 아침

오늘은 4시에 눈을 떠 청국장 안치고
냄비에 자갈 까고 호박고구마 구워놓고
둥글레차 구수하게 끓여놓고
컴퓨터 앞에 앉아 메일 확인하고
이리저리 카페 산책하고 나니
7시가 다 되어 준비한 음식
짝꿍과 둘이 알콩달콩 호호 불며 먹고

짝꿍은 일터로
난 온양온천역 서울 손님 맞으러 나간다
오늘 날씨는 조금 추워도
마음만은 따뜻한 하루가 되겠다
내 가슴에 뜨거운 사랑 서울 손님들한테
모두 나누어주고 와야겠다
아, 오늘 아침은 정말 행복한 날

만남 · 1

보고파 만나는 사람
그리워 만나는 사람
사랑하고 싶어 만나는 사람
사랑받고 싶어 만나는 사람
내 마음 모두 주고 싶은 사람
마음속 한 켠에 늘 자리하고 있는 사람
늘 곁에 같이 있고 싶은 사람
바로 당신입니다

봄인사

양지바른 언덕
언땅 비집고 제일 먼저 인사하는 너
추위에 떨다 파랗게 멍이든 보라빛 얼굴
빵끗 웃으며 잘 견디어 냈노라고
웃음 짓는 너 그대는 어찌
그리 예쁜가요

모질게 춥던 겨울도 이기고
어두운 땅 속에서 내게로 오고픈
사랑 때문에 견디셨나요
그대 모습을 사랑합니다
당신이 주는 사랑을
많은 사람들의 봄향기 속에
담고 싶습니다

약속

밤사이 소복하게 내린 눈
삭정이 주어다 예쁜 하트 하나 그리고

큐피트에 화살까지 그려넣으니
미나부리 한 쌍 사뿐히 앉아
사랑노래 부르네

천만년 사랑 고백하며 행복하게
살자고 약속한다네

꿈

깊어가는 가을 밤
당신도 지금쯤 내 생각하고 있는지요
꿈속에서라도 당신을 보고 싶어
매일 밤 꿈을 청해도 헛꿈만 꾸니
마음이 아파옵니다

겨울이 오기 전에 당신을 만나
사랑 고백을 듣고 싶습니다
영원히 나만 사랑하겠노라고
내게 들려줄 수 있나요

당신 나만 사랑하는 거 맞지요
거짓이라도 나만 사랑하겠노라고 말해주세요
그럼 영원히 당신 만나는 꿈을 꾸며
행복한 사랑 꿈꾸며
조용히 눈을 감을 수 있습니다

사랑하는 마음

사랑한다는 말을 차마 꺼내지 못해
눈빛으로 말해주는 당신
마음으로 영원히 사랑한다며 웃어주는 당신
사랑합니다

나만을 영원히 사랑해줘
고맙습니다

만나고 싶은 사람

올가을엔
당신을 만나고 싶습니다
환한 웃음으로 나를 반겨줄 당신
보고 싶었다고 그리웠다고
사랑한다며 덥석 안아줄 당신
따듯한 차 한잔으로 언 가슴 녹여줄 당신
싸늘한 가을바람 속에서도 밤하늘에 별을 세며
지난 이야기를 안타까워하며 들어줄 당신
가끔은 사랑의 글로 나를 감동시켜주는 당신
흘러간 옛노래와 시를 사랑하는 당신
길이 같고 문학을 사랑하며 생각이 같아
계절의 변화를 느낄 줄 아는
대화가 통할 수 있는 친구같은 당신
올가을엔 꼭 만나고 싶은 사람
당신입니다

속 마음

내가 살아있는 이유는 행복해서가 아닙니다
내게 주어진 책임이 있어 못 떠나는 겁니다

내가 활짝 웃어보이는 것은
내 슬픔을 남들에게 보이고 싶지 않음입니다
살다보면 행복보다 근심이 더 많은 것을
그때마다 얼굴을 찡그리며 살고 싶진 않습니다
내 모습을 보는 남들까지
우울하게 하고 싶진 않기 때문입니다

난 이생을 다하도록 내 속마음을 아무에게나
보여주지 않겠습니다
나를 보는 상대도 우울해질테니까요

사랑 하나 심어주기

여린 너의 가슴에
사랑 하나 심어주고 싶다
가슴 가슴마다 사랑 심어놓으면
온 세상 사람들 가슴마다
사랑이 넘치는
행복의 동산 만들어 보자

우리 모두 손에 손잡고
사랑의 노래로
우리 지구를 사랑으로 뜨겁게 달궈보자
사랑의 노래로

사랑합니다

난 당신을
진정 사랑하나 봅니다
잠시도 당신 생각을 떠나서 살 수가 없습니다
온통 당신 생각에 아무 일도
할 수가 없습니다

당신을 보고파 하는
이 마음을 전할 길이 없습니다
하루면 당신 곁으로 달려가고픈 생각으로
꽉 차 있습니다

몸은 이곳에 있어도
내 마음은 모두 당신 곁으로
가있습니다

별이 빛나는 바닷가

파도 소리가
가슴을 스치고 지나갑니다
새벽이 가까운 시간 바닷가 모래밭에는
더위에 잠 못드는 연인들 가족들
옹기종기 모여앉아 사랑 이야기로
열기를 식히고 있습니다
밤하늘에 별 하나 반짝이며
나를 쳐다보는 게 당신 눈빛을 느낍니다
별이 빛나는 것처럼 우리 사랑도
오래도록 머물렀으면 합니다
당신이 내 곁에 있다면

사랑할래요

사랑이 내게로 오네요
개울가 실개천 얼음 속으로
졸졸졸 소리내며 내게로 오네요
난 길가에 작은 풀 한 포기라도 사랑하니까
내게로 제일 먼저 오려나봐요
누가 나를 찾을까 사방을 봐도
예쁜 산새들만 반겨주네요

창가에 올려놓은 작은 화분 속에서도
스멀스멀 생명이 돋아나네요
땅 밑에선 봄냄새가 모락모락 피어오르겠지요
내 마음속에서도 숨겨놓았던 사랑
걷잡을 수 없게 밖으로 튀어나오려 해요
난 그 사랑 이제는 숨길 수가 없어요
누가 뭐래도 그냥 사랑할래요

이 목숨 다하는 그날까지 사랑할래요

사랑하고 싶은 사람

저를 부르고 싶었나요?

당신이 마음껏 부르시라구
가슴 전부를 열어놓았답니다
당신의 눈길이 닿는 곳에
늘 당신을 항해 서있습니다
나를 사랑하는 당신이 있기에
행복한 마음 가득합니다

난 당신의 것

가랑비

지금 밖에는 가랑비가 촉촉히
내리고 있습니다

그리움이 가랑비에 젖어옵니다
오늘도 내 마음은 당신 생각뿐
아무 일도 할 수가 없습니다

이런 날은 당신과 함께
창 넓은 찻집에 앉아
지난 이야기를 하고 싶습니다

값비싼 음식은 안 먹어도 차 한잔으로
행복한 마음을 가득 담고 싶습니다

따스한 눈길

그대 사랑

맑고 푸른 하늘엔 사랑도 두둥실
떠가는 구름도 화려한 여행을 하며
푸른 강물 놀자는데 세월 속에 밀려만 가는 마음
그리움은 강물같이 넘칩니다

산을 한번 쳐다보아요
눈 부릅뜬 새 한 마리 내 마음 몰고가려 하지만
그대 사랑 소나무 가지에 걸어놓고
나 혼자 사랑할래요

빈 둥지

철새처럼 잠시 머물다 떠나가버린
빈 둥지에 우리 둘만이 덩그러니 앉아
모두 먹다 가버린 후 음식을 먹으며
갑자기 외로움이 찾아오니
왠지 모르겠다

우린 한동안 말없이 음식을 먹곤 한다
새끼들이 날아간 빈 둥지는
더욱 쓸쓸함이 찾아오니
힘들어도 맛있게 같이 먹고 즐기는 게 좋으련만
형식적으로 밥만 먹으면 서둘러 날아가는
새끼들은 부모 마음 알런지

부모 마음 알 시기는 언제일까

안부

차 한 잔으로 안부를
"별 일 없어? 건강하지?"
그 말이 때로는 무척 행복합니다
안부를 물어볼 누군가가 있다는 거
나의 안부를 물어줄 사람이 있다는 것이
얼마나 행복한지

수많은 사람들 속에서 묻혀 사는 우리건만
때로는 사람이 그리워서 우울해지는 날
누군가의 그 안부는 얼마나 행복한지
나를 기억하고 마음속에 담고 있다는 게 행복
헐벗은 나뭇가지에 새싹이 날 때면 잊고있던
당신의 안부전화 한 통화 "차 한잔 할래?"
이 얼마나 행복인가요

당신의 안부를 궁금해하는 내가 있음을
당신은 알고 계신지요
이 순간에도 이글을 읽고 있는 당신
사랑합니다

인생길

당신과 나는
많은 세월을 걸었습니다
철몰라 장난처럼 두 손 잡고 걸었던 길
비바람 거센 길도 넘어지지 않고
걸었습니다

때론 앞이 꽉 막힌
캄캄한 산길을 걸었습니다
눈보라가 매섭게 치고 추위에 몸을 떨면서도
서로의 따듯한 채온으로 녹이며
걸었습니다

땔감이 없어
만삭의 몸으로 산에 올라 나무를 하다
물오른 싸리나무 껍질이 벗겨져 굴러내려도
뱃속 애기는 삼신할머니가 보살펴줘
살아났습니다

헐벗고 추웠어도
둘이 있으면 행복했습니다
우리의 남은 생 따듯한 사랑의 바이러스를
추워서 떨고 외로워하는 사람들과 손잡고
걷기를 바랍니다

따스한 눈길

언제나 밝은 웃음으로
두 팔 크게 벌려 안아주던
당신이 오늘따라 한없이 그립습니다
당신의 품에 안길 때마다 힘에 겨워 쌓인 피로
저만큼 멀어지지요

당신이 끝없이 보고파집니다
넓은 가슴이 그리울 때 힘겨우면 버팀목으로
힘이 되어주는 당신 오늘은 더욱 그립습니다
내 잘못도 당신의 탓인양 넓고 따듯한 마음으로
사랑을 귀히 여겨 고운 눈길 보내주는
당신의 따스한 눈길이 그립습니다

우린 옛이야기 하며
마음속 행복 가득 담고
오래도록 친구같이
살고 싶습니다

소중한 시간들

영국의 소설가 윌리엄 버넷의 글을 보면 "전 생애에서 오늘 하루는 한 번밖에 없다"고 했습니다 오늘 24시간은 다시 돌아오지 않는 법 시계가 돌아는 소리는 '상실, 상실, 상실' 이라는 소리랍니다

지금 우리가 산다는 이유만으로도, 우리 모두 함께 더불어 산다는 마음으로 살면 좋겠습니다 누구를 탓하기 전에 나 자신을 돌아보고 상처 주는 말로 다치게 하기보다는 힘을 북돋아주는 다정한 말로 다독이면 좋겠습니다

상대를 헐뜯고 경멸하기보다는 그의 자리에 빛을 주고 기도해주는 마음이 더 소중하며 의심하기보다는 믿어주고 상대의 상황을 이해해주는 그런 마음들이면 좋겠습니다

우리가 산다는 것은 끝없이 노력하고 변하는 것 그 자체인지도 모릅니다 구름도 변화가 있고 계절도 변화가 있듯이 우리 삶도 희망의 변화가 있기에 아름다움을 품어내는 우리들의 마음들이며 소중한 시간입니다

가버린 친구

하얀 백지 위에 파란 먹으로
나의 파란 젊은 추억을 그려보고 있습니다
철부지 꿈속에 한없이 부풀어
고무풍선처럼 부풀어
터질듯 가슴 가득 차있던 나의 꿈들
그 많은 꿈을 이루어보지도 못한 채
자식에 연연하고 생활에 헤매다보니
좋은 세월 언제 다 갔는지

이렇게 덧없이 흘러와버린 세월 속에서
그래도 행복을 찾으려고 헤매는 내 모습
함께 꿈꾸며 정답게 놀던 옛 친구들
지금은 어디에서 살고 있을까
몹시도 그리워질 때면 향수에 젖어든답니다
그들도 나처럼 할머니가 되어
손주들 보느라 정신이 없을까

사랑

사랑은 아픔입니다
지나고 나면 아무것도 아닌 것을
누가 누굴 사랑 한다는 게
얼마나 힘들고 얼마나
괴로운 것인지

내 생을 다하는 그날까지
나와 살아줄 사람은 오직 당신
당신을 사랑하기에
아픔을 참으렵니다

나를 달래줄 사람은

나는 잘 웃고 명랑한 편입니다

힘든 일이 있고 괴로워도 씩씩하게 지내고
상한 마음을 감추려 더 환하게 웃기도 합니다
그런 나를 울리는 사람은 바로 당신입니다
당신 앞에서는 어떤 마음도 감출 수가 없지요
드러내지 않는 속사정까지 들여다보고 살피는
당신 앞에선 가슴을 들켜버려 주저앉아 웁니다
내 웃음에 모두들 속아주는데
당신만은 그냥 넘기시지 못하고
내 맘을 들여다봅니다
투시경을 갖은 참으로 비상한 재주꾼입니다

난 그런 당신을 영원히 사랑합니다

나 어릴 적

황해도 재령 '나무리' 달구지 지나가면 뽀얀 흙먼
지 자욱하게 퍼졌지 꼬마들 천천히 가는 소달구지
뒤에 배를 살짝 걸치고 두 발 들어 달구지에 몸을 실
고 달구지 주인한테 들키면 소몰이 채를 달구지 바
닥을 치며 쫓고 우린 얼른 내려 도망치고 조금더 타
지 못해 뽀얀 먼지 가라앉는 신직로만 바라보곤 했
지

복사꽃 살구꽃 만발한 친구네 과수원으로 나물을
뜯으러 가지 정문으로 가면 한참을 돌아가야 하니
과수원집 딸 내 친구 혜자도 나하고 놀다 개구멍바
지로 같이 기어들어가 달래 냉이 꽃단지 바구니 가
득 캐며 놀던 그 시절 그땐 땔감도 장작이나 솔가지
였지

착 착 재운 나무를 묶어 소달구지에 가득 싣고다
니며 팔곤 했지 나무 헛간 따로 있고 넓은 부엌 한
켠에 가득 쌓아놨지 솔가지 쌓아놓은 부엌 바닥을
파고 작은 항아리에 대합을 사다 하나 하나 까서 조
개젓을 담가 묻어두었지 가을에 꺼내면 누렇게 곰삭
은 조개젓 참기름 깨소금 조물조물 무쳐 따끈한 가
마솥 밥에 얹어 먹여주시던 어머니 손맛 아직도 내
입속에 그 맛이 살아있지

아침이면
엄마 치맛자락 잡고 따라나가
밥을 지으시는 아궁이 앞에서 마른 솔가지 꺾어
불을 때던 생각들 어제 같은데
어느새 훌쩍 가버린 시간이 72년
많이도 지나갔네
지금도 그립고 행복하지
그 어린 시절

삶

난 생각을 합니다
어떤 때는 내가 선택을 잘했구나
어떤 때는 내가 잘못했지
어떤 때는 그래도 이 삶이 최고였지하고
생각해봅니다

때론 내 삶을 마감하고 싶은 벼랑에 다다랐을 때
문득 세상을 하직하고픈 생각이 들 때도 있지만
그럼 안되지 그래도 머리를 저어보며
내 인생은 이것으로 행복하지
나보다 못한 사람 너무 많기 때문에
난 그래도 봉사랍시고 발바닥이
아플 정도로 걷고 또 걸으며
내가 필요한 곳을 찾아다니며 일을 할 수 있지
이것도 너무 감사하고 고맙지

아무튼 세상과 이별이 오면
그래도 난 잘 살다 가는구나 해야겠습니다
우리네 삶은 정답이 없나봅니다
얼마나 성실하게 살았느냐가 중요합니다
요즘 백 살이던 구십이던 오래만 살면 무엇하나요
내 육신을 움직이려 들지 않고
'난 못해' 하는 삶보다는
'난 할 수 있어' 로 살아가는 게 나을 듯합니다

그 삶이 아주 작은 것이라도
베풀 수 있는 삶을 산다면 후회 없는 삶인 것을
한 번밖에 못사는 삶을 정말 후회없이 살다
가고 싶습니다

당부

나이를 먹을수록 성숙해간다면 노년은 '인생의 황금기'가 될 수 있다 내가 부모 나이가 될 무렵 어떤 모습을 생각하는가 행복한 노후를 위해 지금부터 그림을 그려보자

1억 원이 넘는 돈이 필요하다 자식에게 의존하지 않으려면 먼저 작은 일이라도 몸을 움직이자 현재의 재정 상태와 저축 부채 부동산 보유현황 등을 냉정히 노후의 지출 내용과 생활수준을 고려해 세대별로 계획을 세워보자

평생 친구를 만들자 인생의 행복 중에 돈으로 살 수 없는 것은 친구다 그런데 속 깊은 정을 나눌 수 있는 친구는 대부분 젊어서 만나게 된다 추억이 만들어주는 것이다

운동을 시작하자 많이 걸어야 한다 걷지 않으면 다리 힘이 없어진다 나이가 들면서 스트레스를 견디는 힘이 줄고 우울증 불면증 정신적인 문제를 겪기 쉽다 건강과 장수를 원한다면 꾸준히 운동을 하고 규칙적인 식사 신선한 채소와 과일 충분한 수분의 섭취 식생활에 관심을 가지자

늘 젊은 감각을 갖자 나이를 먹으면 사고나 행동
이 달라지기 쉬운데 특히 과거에 집착해 현실감각을
잃으면 변화하는 환경에 적응하기 어렵다 따라서 활
기 넘치는 삶을 위해서는 젊게 사는 방법을 스스로
터득해 나가고 말씨와 행동 마음가짐을 밝게 하자
항상 밝게 웃어라

사랑하는 능력을 키우자 정신분석학자 프로이트
는 인간 생활에서 중요한 두 가지는 일과 사랑이라
고 말했다 나이가 들어 일터에서 멀어지면 자연히
소외감과 더불어 무료함 때문에 점점 위축되기 쉽다
나의 가족이든 이웃이든 평생 나 아닌 다른 이들을
위해 노동함으로써 사랑을 베푸는 사람은 건강하다
자원봉사 활동이나 적극적인 사회참여로 자신의 정
체성을 확인하며 사랑하는 능력을 키우자 타인을 위
해 사는 것이야말로 행복하게 나이드는 비결이다

형님의 팔순

꽃다운 열아홉에
충북 오성에서 서울로 시집온 새색시
한 살 연하 시동생 서울역에서 형수를 보는 순간
하늘의 태양이 형수감 얼굴만 환하게 비췄단다
눈이 부시리만큼 하얀 얼굴
부잣집 맏며느리감으로
손색이 없었단다

시집오던 날부터 시집살이
청상으로 혼자된 시어머니 사남매 키우려니
동네 어귀 젯밥 흙 털어 끓여 먹고
시집살이 방패는 시동생이 역성을 들어주니
늘 고마워하고 효심껏 시어머니 공경하여
아흔셋을 살다 호상으로 가셨네

사남매 모두 출가시켜 손자손녀 그득하고
운동선수 서방님 하늘나라 보내고나니
그 곱던 모습 간 곳 없고 이곳저곳 아픈 곳만
그 곱던 새댁이 오늘 팔순이라네
이제라도 늦지 않았으니 행복한 마음 가득안고
남은 생 건강하게 하고 싶은 것 다하시고
보고 싶은 것 다 보며 천수를 누리소서

오빠

왜, 그리 바쁘셨나요
천국행도 좋지만 남은 식구들 그리워
어찌 가시나요

내겐 이제 오빠라 부를 이 누가있을까요
입관 전 오빠 얼굴 뵈올 때
정말로 편안한 모습이 좋았습니다

이승에서 고생 고통 모두 잊으시고
천국에서 편한 삶을 누리소서

엄마의 사랑

가족이라는 틀 안에서
다람쥐 쳇바퀴 돌듯 자식 위해 남편 위해
손이 갈퀴되어 거칠어져도 말 한마디 없이
일만 하셨던 엄마

철인 같이 꿋꿋한 모습
가슴속 비바람 인생의 굴곡을 다 안아왔습니다
엄마에게 사랑과 용서를 배웠습니다
자식이 원한다면 아낌없이 모두 줘라

이제는 엄마의 사랑을 베풀 때가 됐나봅니다
엄마의 사랑 안에 머물며 깊은 사랑을
나눠주어야겠습니다

엄마 사랑해

그때는 쑥스러워 말을 못했지
이제야 말할 수 있어요

내 나이도 일흔하고 둘이 지났는데 "엄마 사랑해"
한번도 못 들려줬는데 오늘따라 왜이리 엄마 생각이
나는 건지 엄마 보고 싶어요 막내라고 있는 투정 없
는 투정 다 부리고 예술가 아버지 돈 벌어 남들에게
모두 퍼주고 오셔도 말 한마디 못하시고 받들어 모
시던 엄마 난 엄마같이 안산다고 할 때 엄마는 뭐라
고 했나요 "너도 귀밑머리 파뿌리될 때까지만 살아
라" 하셨죠 엄마! 지금 제 귀밑머리 파뿌리같이 하얗
게 뾰족하게 나온답니다

엄마와 약속한대로 오십이 년을 살고나니
내 모습은 꼭 엄마를 닮아갑니다

영원토록 내 가슴에 숨쉬는 당신

내 삶이 슬프고 괴로운 일상이라도 단 하루를 살
아도 행복하고 향기가 넘치는 삶으로 살고 싶습니다
눈부신 아침 햇살을 보며 밤하늘에 반짝이는 별빛과
둥근 달을 보며 눈이 오면 하얀 눈밭을 밟으며 비바
람이 불면 옷이 흠뻑 젖도록 맞아보며 당신과 같은
하늘아래 오랜세월 함께 숨쉬며 살고 싶습니다

내 모든 것 당신을 위해 사는 내가 되고 싶습니다

당신이 내 마음 속에 들어올 때 괴롭고 슬픈 눈물
흘렀어도 당신이 내곁을 영원히 떠날 때는 말없이
떠나는 당신이 아니기를 바라겠습니다 난 당신이 내
곁에 머무르기 전에 이미 당신 마음 안에 자리잡고
있었습니다 고통을 안고 살아가는 그런 인연이 아닌
사랑을 안고 사는 행복한 당신이길 바랍니다

내 가슴속에 영원히 살아 숨쉬는 당신
난 영원히 당신의 사랑이고 싶습니다

귀밑머리 파뿌리

꽃다운 20살
주례선생님의 귀밑머리 파뿌리될 때까지
서로 위로하고 사랑하며
잘 살라는 말씀 들었습니다
그 약속

50년 세월 넘고 2년을 맞고 나니
긴긴 세월 정신없이 사형제, 남편 뒷바라지하니
어느새 훌쩍 넘어가버린 내 나이 칠십둘
귀밑머리 하얗게 파뿌리로 변했습니다

뒤늦은 내 인생 젊어 못했던 일하느라
날마다 행복한 노래 부르며 많은 사랑 나누며
늘 감사한 생각에 가슴이 찡해지고
사랑하는 마음 가득 담고
많은 사람들에게 행복과 웃음을 주는
귀밑머리 파뿌리가 된 예쁜 할머니

귀밑머리 파뿌리는 행복한 파뿌리
모두에게 하얀 귀밑머리 파뿌리가
전염됐으면 좋겠습니다

그때는 몰랐습니다

지난 일들을
잊어야 한다지만 잊을 수 없습니다

지금 생각하면 삶이 힘들고 고통스러웠던
지나버린 일들이 아름다운 추억인 것을
그때는 그런 걸 몰랐습니다
지금 생각하니 그래도 힘들고 괴로운 게
행복이었습니다
젊음이 있었기에 더욱 행복했던 것을

그때는 정말 몰랐습니다

남은 생은 아름답게

많은 시간 티격태격하며 살아온 세월
그래도 내게는 당신뿐입니다
솜털같은 부드러운 당신 나를 늘 편케 하지요
힘든 세월 살아가는 동안 싫은 내색 한번 없이
해바라기 같이 사는 당신 그러는 당신을 생각하면
늘 가슴이 아려옵니다

어느새 세월은 가고
황혼의 저녁노을이 우리 앞에 서있으니
가슴이 시리도록 아름답던 그 시간들
얼마 남지않은 시간들을 소중하게
더 아름다운 더더욱 소중한
정말 행복하게 추억을 남겨요
나 그 추억에 힘이 될래요

따듯한 산에 기대어 당신의 힘이 되렵니다

미련없이 떠나련다

가을

시골길
곱디곱게 자라난 코스모스
자동차 지날 때마다
실바람 떼지어 하늘거린다

높고 파란 하늘에
산책하는 듯
손에 손잡는 뭉게구름
분분히 부서져 사방으로 흩날리고

찬란한 태양 받으며
주렁주렁 피어나는 빨간 사과
길 가던 나그네도
군침돌게 한다

아!
널 노래하는 가을

편지

친구가 있어
너무도 좋습니다
늘 마음 한켠에 자리하고 있는
어릴 적 친구이기 때문에
가슴 한켠을 자리하고 있는
친구랍니다

아무런 이유 없이 단지 친구라는 말
그 하나만으로 친구가 너무 좋습니다

오래도록 건강해
서로가 늙어가는 모습들을 보면서
친구의 건강을 염려해주는
그런 친구이기를
바랍니다

가을 그리고 그리움

묻어버린 어제가 오늘같아 발걸음 기다리는 곳
기차를 타고 황금들녘을 달리면
멀어지는 뒷모습에 내 눈 머문다

바람에 흔들리는 코스모스향
고향소리로 반갑다 손 흔든다
강산이 몇 굽이 흐른 후 해맑게 웃음짓는다
달콤한 향기에 가만히 눈을 감아보면
잊었던 사람들이 생각이 난다

이맘때면 그쪽 하늘 바라보고
잊을 뻔한 향기에 젖어 흘러간 세월 뒤적이는
나만의 행복

가을엔 고백할래요

이 가을엔 그대에게
고백할래요
정말 사랑했노라고
그대를

미움도 사랑이고
그리움도 사랑이고
보고픔도 사랑이라고
고백하고 싶습니다
당신께

이 가을이 가기 전에
정말 정말 사랑한 것은
당신이었다고
그대에게

가을이 깊어갑니다

가을밤이 깊어갑니다
하늘에서는 땅의 열기를 식히려고
찬 서리가 내립니다
이 밤은 당신이 왜 이리 보고파지고 그리운지
가슴이 저려옵니다
당신은 지금 무슨 꿈을 꾸고 있나요
난 당신 생각에 이 밤도 잠 못 이루고
당신을 보고파한답니다

나 당신 꿈속으로 마실 갈까요
당신 꿈속으로 살며시 찾아가 밤새워 사랑할래요
늘 그랬듯이 내가 있어 행복하다고
내 귀에 대고 조용히 말해줄래요
넓은 가슴에 포근히 잠들 수 있게
당신 품에서 행복하게 꿈을 꾸고 싶어요
바다 건너 한걸음에 달려가고 싶어요

가을 대관령

버스 창으로 비춰지는 가을 산이지만
아직은 이른 듯 푸르름이 더해지는 산
이른 단풍 겨우 몇 개만 옷을 벗을 준비를 하고
엄마의 몸에서 떨어지려니 가슴 아파
얼굴색이 노랗게 변하려는 너의 모습
세찬 가을바람에 온몸 떨며 부둥켜안고
몸부림치는 너의 모습을 보며 즐거워하는
내 모습에 잔인한 생각이 드는구나
항상 푸르름이 하늘에 닿을 줄 알았지
누렇게 변해가는 네 모습에서 나를 보는 듯
변해버린 내 모습에서 아름다운 추억 담고
늙어도 예쁘게 아름답게 늙고 싶구나

삼척 동해 바다

얼마나 가슴에 한이 많아
파랗다 못해 검푸르게 몸부림칠까
하얀 거품 내뿜으며 몸부림치며
사정없이 바위에 몸을 던져 네 한을 풀려는지
하얗게 부서지는 너의 모습을 보며
'와' 함성을 지르는 내 모습
너무 우습구나 정말 미안해

너의 아픔 모른 채 즐겁게 바라보는 내 모습
바다야 너도 그리움이 하늘에 닿았나 보다
보고픔에 그리워 소리 지르다 사정없이
몸을 던지며 통곡하는 너의 모습 속에
나를 보는 것 같구나
이제는 조용히 모두 바다에 내려놓고
편히 쉬려무나

환선동굴 오르며

박쥐 닮은 정문을 지나
왼쪽은 삼척에 맑은 물소리
너무도 아름답다
혼자 걷기에는 아쉽다
사랑하는 사람 손을 잡고 천천히
아름답딘 추억 이야기 두런두런
나누며 걷고 싶은 길

오르다 목마르면 산에서 흘러내리는
다람쥐 산새들이 마시고 가는 맑디맑은 생수
서로 떠서 먹고 서로가 넘어질라
두 손 꼭 잡고 버팀목이 되며
오르고 싶은 환선 동굴
정상에 올라 서로 쳐다보며 환한
웃음으로 행복 찾겠지

만남

지난 밤 만남이 좋아
주거니 받거니 차 한잔 나누며
목이 터져라 노래도 부르고
발 바닦이 부르트도록 춤도 추었지
왜 이리 시간이 잘 가던지

시계를 내 허리춤에 꽁꽁 동여매고
쌓였던 스트레스 확 풀었네
좋은 사람들과 함께하니 더욱 행복했다네
만남에 취하여 검은 바다를 보며
건강하게 해달라는 소원을 빌고

해돋이

먹구름 속으로 솟아오르는
찬란한 태양을 나는 보았다
붉은 태양의 기는 내 몸을 애무했다
온 몸으로 태양의 정기가 힘을 솟게 하는
동해의 아침 행복해 코끝이 찡해지는 아침
감사힌 아침

태양이 솟아오르니
검푸른 바다는 더욱 거세게 몸부림쳐 온다
이별의 아쉬움에 하얗게 거품을 내품으며
모두 행복하고 잘 가란다
아름다운 삼척을 또 찾아달란다

바다야 난 너 때문에
가슴가득 행복을 담고
돌아갔다 다시
오련다

황태 북어국

어제 저녁
동태찌게는 너무 매워 먹다 말았지

황태와 콩나물은 숙취를 없앤다고
시원하게 끓여주는 황태 북어국으로
바다가 보이는 창가에서
얼큰한 국물이 시원하게
속을 풀어줬다네

짧은 만남이지만
아름다운 추억과 긴 여운
가슴 한켠에 자리할 수 있었으면 하는
아름다운 아침

보내버린 시간들

시냇물만 흘러가는 줄 알았더니
지나간 시간도 다시 오지 않는다는 걸 알았습니다
되돌아올 줄 모르는 시간들
흘러간 시냇물이 거슬러 올라올 수 없듯이
한번 보내버린 시간들은 다시 올 수 없다는 걸

지나버린 시간들은 되돌릴 수 없지만
지금 내 인생도 어느 굽이를 돌아
흐르고 있는지 알 수는 없지만
지워지지 않는 흘러간 삶의 흔적
후회 아쉬움도 많았지만
흐르는 물살에 씻고 씻어도
이제는 영원히 되돌아 올 수는 없는 시간들

가버린 시간은 다시는 오지 않지만
아름답던 추억을 회상하며 웃음 짓는
삶이었으면 좋겠습니다
머지않아 찬 서리가 내리겠지만
남은 생은 추하지 않게 아름답게
장식할 수 있으면 좋겠습니다

고통

당신과의 이 밤이 마지막일지라도
난 당신 곁을 지켜주고 싶습니다

당신의 고통이 아무리 클지라도
난 당신 곁을 지켜주며
고통을 덜어드리고 싶습니다

둘이 나누는 아픔은 절반으로 줄어들테니까요
괴로우나 즐거우나 당신의 아픔
덜어드리고 싶습니다

나는 어디에

세월이 가면 갈수록 내 모습 간 곳 없고
어머니 모습만 남으니 어찌하면 좋을까요?
삶의 순리라 받아들이기엔 너무 힘듭니다
잘 웃던 내 얼굴에 웃음마저 빼았아가니
난 지금 어쩌라고요

뽀드득 뽀드득 하얀 눈을 걸으며
지금껏 살아온 것 모두 지워버리고
다시 그림을 그리고 싶어지는 마음뿐입니다
행복하고 아름다운 꿈을

철책선 까마귀

공중에 까마귀가 해발 1800고지에서
북쪽에서 남쪽으로 목이 터져라 까악 깍
한참을 맴돌며 남으로 왔다갔다며 울어댄다

분단의 아픔이
비무장지대 혼령들을 위로하며 공중을 맴돈다
누가 날지 말라는 사람도 없고 공중은 자유롭다
사방 원한에 피맺힌 통곡소리

사랑하는 사람들이 보고파
젊은 나이에 계곡에서 한이 되어
까마귀로 변하여 사람들만 올라가면
내 안부 전해달라고 울어대는지

원한의 혼령들이여 고이 잠드소서
당신이 있었기에
우리는 행복한 삶을 살고 있는 거라고
늘 감사한 마음으로
당신을 기리고 있답니다

눈이 내리는 날

밖에는 눈이 펑펑 쏟아지고 있습니다
옛날 생각이 나네요
당신과 양구 골짜기에 살던 그 옛날
우린 어머님 생신 때 서울집을 갈 때
어린 것 안고 업고 뱃속에 담고
한 사람도 지나지 않은 눈길을 걸으며
우리 식구들 발자국을 뒤로 하고
행복한 웃음지으며 버스를 탔지요
칼바람이 볼을 스쳐도 추운 줄도 몰랐지요
지금도 행복하지만 그땐 어린 것들이
곁에 있어서 더욱 행복했답니다

우린 영원히 행복할 거라 믿어요

겨울 신정호

눈 쌓인 신정호 걸음 걸을 적마다
뽀드득 뽀드득 기분 좋은 소리
눈이 시리도록 하얀 신정호
얼음 속 물고기들은 봄을 손꼽아 기다리겠지
오색 등불이 하얀색과 어우러져
마치 무대 조명인양 아름다운 신정호

은은히 흘러나오는 음악 또한 잊을 수 없는 밤
손에 손잡고 속삭이며 걷는
연인들의 아름다운 모습
멀리 온양온천 시내 불빛은 별빛인양 아름다워
혼자 보기엔 너무 아까운 신정호
아름다운 아산에 사는 것을
자랑하고 싶은 밤

길 · 2

나의 갈길은 어딜까
무작정 맨발로 걸어가고 있다

길의 끝이 있을까
행복한 길
불행의 길
아픔과 고통의 길

종착역도 모르는 셀 수 없이 많은 길
한번 길을 떠나면 쉴 수도 없어 걷고 있는 길
무작정 맨발로 걷고 있다

걷고 또 걸으며
종착역에 닿을 때까지 걸어가고 있다
행복을 꿈꾸며

무엇인가

인생 칠십
과연 나를 위해 살아온 삶은 몇 시간이었나?
잠자는 시간 일하는 시간
가족을 위하는 시간

자기 인생을 위해 산 시간은 몇 시간이었을까?
컴퓨터 한답시고 컴에 푹 빠져 7~8시간
봉사랍시고 거의 매일 나가
주는 것보다 받는 게 더 많은 삶
먹는 시간 차 마시는 시간도 잊은 채
교육이다 공부다 마음은 늘 20대같이 행복하다

그러다가도
나는 지금 어디로 가고 있나도 모르고
바쁘게만 사는 삶 아닌가
나만을 위한
나만의 시간을 갖고 싶다

미련없이 떠나련다

함박눈이 내리고 있다
눈을 맞으며 어디론가 정처 없이
떠나고 싶다

하얀 눈 속에 내 아픔 모두
묻이비리고 홀가분하게
떠나고 싶다

내 흔적 모두 눈 속에 숨기고
후회 미련 사랑 눈 속으로 꽁꽁 묻어버리고
떠나고 싶다

행복했던 내 추억마저도
눈 속에 묻어버리고 눈을 따라 훨훨
떠나고 싶다

평설

사랑과 자연,
그리고 고통을 이겨내는 시

성기조(시인, 한국문인협회 명예회장)

사랑과 자연,
그리고 고통을 이겨내는 시
- 김군자의 시세계

성기조(시인, 한국문인협회 명예회장)

1.

김군자 시인이 시집을 낸다고 한다. 우선 축하를 해야 한다. 김군자 시인은 충남 아산시에서 살면서도 서울의 문학모임에 빠지지 않고 나타나 사진을 찍고 기사를 써서 신문에 낸다. 무척 부지런하게 살아가는 사람으로 나는 그에게 존경을 아끼지 않는다.

그가 가져온 시집원고를 읽으면서 보름 동안, 김군자 시인의 시세계에 관하여 생각을 정리해보는 시간을 가졌다. 성격이 활달하고 명랑하여 그늘진 곳 없이 활동하는 그에게도 마음속에는 근심과 걱정이 있는 것 같아 걱정스럽기도 하지만 그가 가진 긍정적인 성격 때문에 깨끗하게 시로 정리하는 것을 보고 놀랍기도 하거니와 김군자 시인이 왜 시를 쓰는가 이해할 만 하다. 시는 의미하는 것이 아니라 존재하는 것이란 말이 있듯 김군자 시인에게 있어서 시는 자신의 존재를 명확하게 밝혀주는 역할을 담당하고 있다. 때문에 김군자는 곧 시인이란 꼬리표가 붙는다.

2.

김군자는 그의 시에서 자연에 관하여 무척 다양한 해석을 내리고 있다. 자연은 태초로부터 저절로 되어있는 모양을 말한다. 또한 사람의 힘을 더함 없이 저절로 그렇게 되어 있는 모양을 가리키기 때문에 인간은 자연에 의지해서 삶을 영위할 수밖에 없다. 지구상에서 인류가 삶을 누리기 이전부터 자연은 있어 왔다.

코스모스가 지천으로 피어있는 시골길, 자동차가 지날 때마다 코스모스는 떼지어 하늘거린다는 김군자의 진술은 우리나라의 산천, 어느 곳에서나 볼 수 있는 가을풍경이다. 결코 야단스럽거나 신기하지 않다. 그러면서도 가을 정취를 느낄 수 있는 것은 김군자의 자연사상 때문이다. 김군자는 자연친화적인 사상을 철학으로 지니고 살아간다.

옛날부터 시인이나 철학자들은 자연이 아닌 것은 모든 것이 불완전하다고 생각해왔다. 때문에 자연은 신이 지배하는 기술로 여겨 온 많은 시인들은 자연에 대하여 노래하지 않을 수 없다. 김군자도 결국 이러한 범주를 벗어나지 못한다.

그는 자연 속에서 살며 자연과 더불어 모든 지식과 지혜를 공유한다. 그러면서 그 속에서 생존하는 모든 것들과 교감하면서 시도 쓰고 사진도 찍는다. 코스모스가 저절로 피어나고 자동차가 지날 때마다 실바람이 일어 '떼지어 하늘거리'는 모습도 코스모스가 지닌 자연의 발로란 생각을 갖는 김군자는 코스모스가 피어있는 가을 풍경을 무엇보다도 자연스럽게 시에 담아내고 있다. 자연은 있는 그대로의 자연과 사람의 손을 대서 꾸민 자연(인위적 자연)이 있다.

가을밤이 깊어갑니다
하늘에서는 땅의 열기를 식히려고
찬 서리가 내립니다
이 밤은 당신이 왜 이리 보고파지고 그리운지
가슴이 저려옵니다
당신은 지금 무슨 꿈을 꾸고 있나요
난 당신 생각에 이 밤도 잠 못 이루고
당신을 보고파한답니다
　　　 – 시 「가을이 깊어갑니다」의 첫 연

봄과 여름, 가을과 겨울이 순차적으로 변해가는 것도 자연의 변화다. 이 변화는 질서정연하게 이루어진다. 그리고 서리가 내리고, 찬 서리가 내리면 사람들은 추위를 느낀다. 쌀쌀한 바람이 북쪽에서 불어오기 시작하면 따뜻한 온기를 가까이하고 싶은 것은 인지상정人之常情, 인간이면 누구나 느껴지는 자연적인 생각이다.

'이 밤은 당신이 왜 이리 보고파지고 그리운지' 모르겠다는 김군자는 '가슴이 저려' 오는 사랑을 느낀다. 자연과 사람의 만남이다. 어느 한 구석 부적절하거나 꾸밈이 없다. 인간이면 누구나 자연과 더불어 살아가고, 의지하고, 자연의 큰 힘을 경험해 보고 싶어진다. 그야말로 자연적 현상에 잠겨 안정을 찾아보겠다는 김군자의 생각은 자연과 인간과의 관계를 스스럼없이 나타내고 있다.

때문에 자연은 인간과 더불어 살며 인간을 이해하고, 인간을 성숙시키면서 위대한 사랑과 큰 용기를 불어넣어 준다. 만약 자연이 없다면 인간의 삶은 얼마나 삭막할 것인가, 인간은 자연의 고마움을 철저히 깨닫고 자연을 위하여 깊은 감사와 고마움을 보내지 않으면 안된다. 이런 입장에서 김군자의 자연에 관한 일련의 시들은 감사의 예찬이며 자연을 떠나서는 삶을 영위할 수 없다는 절박한 호소이며 애절한 기도라고 생각한다. 당신이 보고 싶어 가슴이 저려오고, 이 밤도 당신 생각에 잠을 못 이룬다는 표현은 일종의 고백이고 호소에 해당한다. 사람이 사람을 좋아하는 것도 자연현상이다. 가을밤이 길어지자 서리가 내린다. 서리 내리는 이유를 찾으니 땅의 열기를 식히려고 하늘이 하는 짓이다란 결론, 여기까지 생각해보면 자연 그대로의 자연 현상(서리 내리는)과 당신이 보고파서 가슴이 저려오는 (인위적 자연) 사이에서 김군자는 깊은 사념에 잠긴다. 인생의 자연과 인위적 자연에 대한 철학적 대결이다. 깊은 생각과 사념思念의 결과는 쉽게 결말이 나지 않는다.

- 시 「길」의 뒷 부분

　예로 든 시의 내용대로 '한번 길을 떠나면 쉴 수도 없어 걷고 있는 길/ 무작정 맨발로 걷고 있다'고 진술하는 김군자의 말처럼 끝이 없다.

　철학은 삶의 지혜를 터득하는 학문이다. 때문에 깊은 고민에 빠져야 하고 지속적인 사념과 성찰이 뒤따라야 한다. 산과 들을 허물고 파서 길을 뚫는 일은 자연을 정복의 대상으로 보는 일이지만 사람과의 관계 때문에 고민하는 것은 자연에 대한 깊은 생각에서 출발한다. 김군자는 이 두 가지 명제를 가슴에 담고 '무작정 맨발로 걷고' 있는 것이다.

　세상은 차 하나 없이 조용하고

촉촉히 내리는 안개비는
자는 나무를 자꾸 흔들어 깨우며
얼굴을 씻어주고 있다
어서 봄을 알리라고 성화를 한다
낮에 봤던 매화 큰애기 젖가슴인양 부풀어 오
르고
산수유도 질새라 부풀어오르고 있다
— 시 「내 마음의 봄」의 중간 부분

안개비가 얼굴을 씻어주는 나무, 큰 애기 젖가슴처럼 부풀어 오른 매화와 산수유의 꽃봉오리, 자연의 아름다움을 담고 있다. 말이 없는 자연은 우리를 둘러싸고 있는 생명의 샘이란 생각이다. 김군자는 이 샘가에 앉아서 자연을 노래하고 있다.

3.

사랑은 인간의 심성心性을 자극하는 마력을 가지고 있다. 사랑할 때의 마음은 무한히 크고 넓게 열려 있다. 또한 사랑은 기적을 낳는다. 만약 사랑이 인간을 끌어당기는 마력과 기적이 없다면 사랑을 신성神聖하게 여기지 않을 것이다.

사랑은 아픔입니다
지나고 나면 아무 것도 아닌 것을
누가 누굴 사랑한다는 게
얼마나 힘들고 얼마나
괴로운 것인지

　김군자의 사랑에 관한 시는 아주 많다. 그만큼 김군자는 사랑을 외면하고는 살맛을 잃는다. 때문에 그는 사랑을 위해서는 모든 것을 내놓고, 사랑을 위해서는 어떤 일도 감수한다는 각오가 되어 있음을 발견한다. 김군자의 사랑에 대한 속생각은 사랑의 마력과 기적을 인정하고 열심히 이에 대한 증명에 나서보는 일인 것 같다. 그래서 사랑에 대한 '아픔'도 사랑이 얼마나 힘든 것인가도 몸소 체험한다. 그 결과 사랑이 '아픔'이란 사실도 흔쾌히 수용한다.

　사랑은 아픔이다. 아픔과 고통인 줄 알면서도 사랑하게 되는 것은 인간이기 때문이다. 또한 사랑은 가장 달고 가장 쓴 것이란 말이 있듯 범상치 않은 고통이 뒤따르게 마련이다. 사랑은 진실해야 하고 오로지 신이 인간에게 준 선물이란 생각을 가져야 한다.

　'누가 누굴 사랑한다는 게/ 얼마나 힘들고 얼마나 / 괴로운 것인지'를 알아야 한다. 김군자는 고통의 깊이를 자로 재듯 알고 싶은 것이다. 그러나 인간이 받는 사랑의 고통은 자로 재듯 분명히 나타나지 않는다.

네가 보는 앞에선 강한 척 하지만

되돌아오려면 눈물이 먼저 나니 어쩌면 좋을지
행여나 약한 마음은 갖지 않으려 해도
약해지는 마음 어쩔 수 없단다

내가
너를 얼마나 사랑하고 있는지
넌 모를거야

정말 보고 싶고 사랑한다 정말
정말
　　　　－ 시 「사무치는 그리움」의 마지막 부분

　‘보고 싶어서 마음이 찡하고’, ‘그리움이 가슴을 적시는’ 사랑을 김군자는 지금까지 놓지 못한다. 절절한 사랑이기 때문에 ‘보는 앞에 선, 강직한 척’ 하고 ‘되돌아보면 눈물이 먼저 나’ 는 사랑을 주체할 수 없어 말을 못 잇는다. ‘정말 보고 싶고 사랑한다 정말/ 정말’ 이란 말로 끝을 맺는 사랑은 한시도 잊을 수 없다. 참다운 사랑, 마음속에서 갈구하는 사랑이다.

이 작은 가슴에
천사 같은 행복을 가득 담고
사랑하는 마음 새록새록 눈뜨는 꽃동산
내가 사랑하는 소중한 사람
이 세상에 하나밖에 없는 당신인걸
그 무엇보다 큰 사랑, 마음속 깊이
사랑 열매 알알이 달아매고
행복하게 살아가렵니다
　　　　－ 시 「사랑에 눈 뜰 때」의 끝부분

‘천사같은 행복을 가득 담고/ 사랑하는 마음 새록 새록 눈뜨는 꽃동산’ 이란 표현은 사랑을 눈으로 보지 않고 마음으로 보는 자세다. ‘내가 사랑하는 소중한 사람’ 은 마음속에서 만나야 한다. 그래야만 ‘사랑 열매 알알이 달아매고/ 행복하게 살아’ 갈 수 있다는 김군자의 생각은 젊은이들의 뜨거운 마음을 능가한다. 그래서 사랑은 불꽃이요, 활활 타는 불이다.

철모르는 어린 나이에
당신을 만났습니다
세월이 지날수록 조금씩
내 마음을 차지했습니다
당신이 내 곁에 없으면
허전하고 보고 싶고 궁금한 게
그게 사랑인 줄 몰랐습니다
시간을 조금이라도 더
같이 보내고 싶었습니다

당신을 만나기 위해서 겪었던
그 아픈 지난 이별이 내겐
서러움이었습니다
이젠 내 곁에서 나를 지켜주는
당신을 보며 웃고 싶습니다
내가 기댈 수 있는 사람은
이 세상에 오직 당신뿐입니다
　　　　　－ 시 「철없던 사랑」의 앞 부분

사랑에 관한 김군자의 분명한 견해를 담은 시다. 평이한 언어구사와 간결한 표현이 우선 읽기에 편하다. 일상에서 우러나는 평범한 사랑의 감정을 구김

없이 담았다. '철 모르는 어린 나이에/ 당신을 만났습니다'로 시작되는 이 시는 결코 요란하지 않다. '세월이 지날수록 조금씩/ 내 마음을 차지했습니다'란 구절에서 사랑의 존재가 조금씩 이해되니까 '당신의 존재'가 뚜렷해졌다는 고백은 진실이다.

4.

강물은 한번 흐르면 그만이지만 인간은 지나긴 날들을 되돌아보며 살아간다. 추억은 지난 일이기 때문에 앞으로 내다볼 수 없다. 반드시 돌아보아야 한다. 추억은 지난날을 돌아보는데서 생기는 아름다운 감정이다.

김군자는 70년을 넘게 살아왔기에 추억 쌓기에서는 누구보다 분량이 많을 수밖에 없다. 많은 추억을 지니고 살아가는 사람은 즐겁다.

<blockquote>

밖에는 눈이 펑펑 쏟아지고 있습니다
옛날 생각이 나네요
당신과 양구 골짜기에 살던 그 옛날
우린 어머님 생신 때 서울집을 갈 때
어린 것 안고 업고 뱃속에 담고
한 사람도 지나지 않은 눈길을 걸으며
우리 식구들 발자국을 뒤로 하고
행복한 웃음지으며 버스를 탔지요
칼바람이 볼을 스쳐도 추운 줄도 몰랐지요
지금도 행복하지만 그땐 어린 것들이
곁에 있어서 더욱 행복했답니다

</blockquote>

우린 영원히 행복할 거라 믿어요
        - 시 「눈이 내리는 날」의 전문

　행복은 특출한 사건이나 보기 힘든 일이 아니다. 우리들의 주변에서 흔히 볼 수 있는 것들에서 마음의 평정을 얻게 되면 그만이다. 행복은 일상의 삶에서 마디가 없이 물 흐르듯 흘러가는 것이다. 결코 남다르게 억세거나, 힘이 빠지는 것도 아니다.
　김군자가 양구 어느 산골짜기에 살던 젊은 날, 어린 것 앞세우고 또 하나는 뱃속에 넣고 어머님 생신을 축하하기 위하여 남들이 발자국 하나 내지 않은 눈길을 걸어 서울로 오는 정경, 행복한 웃음을 웃으며 버스를 탔던 일, 칼바람이 불었던 추운 날이었는데도 춥지 않았던 일은 어린것이 곁에 있었기 때문이란 결론에 도달하면 되레 시시하기 까지하다. 그러나 김군자는 이런 지난 날의 일을 행복한 추억으로 남는다고 강조한다.

이 가을엔 그대에게
고백할래요
정말 사랑했노라고
그대를

미움도 사랑이고
그리움도 사랑이고
보고픔도 사랑이라고
고백하고 싶습니다
당신께
        - 시 「가을엔 고백할래요」의 일부분

지금까지 사랑해왔던 온갖 것들을 내세워 '정말 사랑했노라고' 이 가을에 고백하고 싶다는 김군자의 사랑 이야기는 일생을 해도 끝나지 않을 것 같다. 살아 온 구비마다 새록새록 각인된 사랑의 실체實體들은 김군자의 가슴속에, 머릿속에, 아니 핏속에 녹아 흐르고 있다. 이만한 사랑을 독차지한 주인공은 참으로 행복한 사람이다.

미움도, 그리움도, 보고 싶었던 일들도 모두 사랑이었다고 고백하는 김군자는 '당신'이 없었으면 모든 것을 잃고 사는 것 같있을 것이다. 사랑을 추억만으로 간직하지 못하는 김군자의 솔직한 사랑, 그리고 '당신'에게 어떤 말이고 정직하게 쏟아놓고 싶은 김군자의 사랑이야기가 많은 사람에게 신선한 바람을 불어 넣는다.

> 내 흔적 모두 눈 속에 숨기고
> 후회 미련 사랑 눈 속으로 꽁꽁 묻어버리고
> 떠나고 싶다
>
> 행복했던 내 추억마저도
> 눈 속에 묻어버리고 눈을 따라 훨훨
> 떠나고 싶다
>   – 시 「미련없이 떠나련다」의 마지막 부분

'행복했던 내 추억마저' 눈 속에 묻고 떠나고 싶다는 김군자의 결심 앞에 '함박눈이 내리고' 있다. 그 눈을 맞으며 정처 없이 떠나고 싶은 심정은 사랑을 더욱 단단하게 여물게 하려는 의도가 역력하다.

하얀 눈 속에 '지금까지의 사랑'을 모두 묻고 떠나
고 싶다는 마음은 지금까지의 사랑을 다시 한번 차
분하게 생각해 보고 싶다는 욕망과 비례한다. 사랑
도 때에 따라서는 살피고, 옥죄고, 다시 한번 다잡아
보는 노력이 필요하다.

> 그리움에
> 눈시울 적시며 속눈썹에 매달린 세월
> 가슴에 움키고 살포시 눈감는
> 여자가 되고 싶다
>   ― 시「사랑받는 여자」의 끝 부분

> 아침이면
> 엄마 치맛자락 잡고 따라나가
> 밥을 지으시는 아궁이 앞에서 마른 솔가지 꺽어
> 불을 때던 생각들 어제 같은데
> 어느새 훌쩍 가버린 시간이 72년
> 많이도 지나갔네
> 지금도 그립고 행복하지
> 그 어린 시절
>   ― 시「나 어릴적」의 끝 부분

　예로 든 두 편의 시에서 김군자의 지나간 추억을
본다. 지지―, 소리를 내며 돌아가는 영화의 필름에
서 보는 지난날의 추억이 담겨 있다.
　앞의 것은 세월이 지나갔을 때도(속눈썹에 매달린
세월) 그리움을 살포시 가슴에 품고 눈을 감은 여자
가 되고 싶다는 소원이고 뒤의 것은 어머니 따라 부
엌 나가서 아궁이에 불을 지피던 지난날을 회상하면
서 '훌쩍 가버린 72년'을 되새기고 어린 시절을 회

상하고 있다. 모두 지난날의 추억을 되새김질하고
있다.

인간은 크건 작던 이런 추억 속에서 살아간다. 추
억이 많을수록 행복한 시간을 많이 갖는다. 김군자
도 무척 행복한 시간을 추억과 함께 동거한다. 그러
나 추억은 때로는 고통을 불러들이는 역할도 한다는
사실을 외면해서는 안된다.

5.

‘장차 우리에게 나타날 영광에 비추어보면 지금
우리가 겪고 있는 고통은 아무것도 아니다’ 란 말이
로마전서 8장 18절에 보인다. 고통을 견뎌내야 영광
을 얻는다는 말이지만 인간의 삶에서 겪는 고통은
곧 불행으로 이어진다. 고통과 불행은 불가분의 관
계에 있기 때문에 모든 사람들은 고통에서 멀어지기
위하여 노력한다. 그러니 고통은 인간의 주변에서
떠나지 않고 맴돌고 있다.

인생은 고통이란 말도 고통을 떠나서는 인생이 존
재할 수 없음을 말한다. 고통은 사람에 의해서 생긴
다. 때문에 사람이 겪고 있는 괴로움의 차이에서 고
통을 읽을 수 있다.

> 내가 활짝 웃어보이는 것은
> 내 슬픔을 남들에게 보이고 싶지 않음입니다
> 살다보면 행복보다 근심이 더 많은 것을

그때마다 얼굴을 찡그리며 살고 싶진 않습니다
내 모습을 보는 남들까지
우울하게 하고 싶진 않기 때문입니다
            - 시 「내 속마음」의 중간 부분

　남에게 슬픔을 보이지 않으려고 참는 기막힌 상황을 시화詩化하고 있다. 사람이 추구하는 것은 고통을 극복하고 행복을 찾는 일이다. 김군자는 슬픔을 남에게 보이지 않으려고 무척 노력한다. '살다보면 행복보다 근심이 더 많은 것'을 느끼면서 '그때마다 얼굴을 찡그리고 살고 싶지' 않다고 다짐한다. 그 까닭은 찡그린 자신의 얼굴을 보는 이들까지 우울할테니까?

　고통스런 모습을 보이지 않으려는 김군자는 언제나 활달하고 명랑하게 살아가려고 노력한다. 그 자세가 고통을 극복해서 행복하게 살려는 노력과 상통한다. 문학이 무엇인가?

　김군자가 시를 쓰는 이유 중의 하나가 고통을 이겨내고 행복을 얻기 위한 노력이라면 시 쓰는 일이 행복해질 것이다.

밤새워 그리웠던 님
먼동이 트면 잊혀질까
그래도 그리우면
밤을 기다려 꿈속에서 만나볼까

벽에 걸린 시계소리
째깍 째깍 잠을 깨우니
그리운 님 보러 갈 꿈을 부르네

먼동이 트기 전 어서 꿈을 청해야지
– 시 「먼 동이 트기 전」의 전문

님을 만나는 일은 행복하다. 님을 만나지 못했기 때문에 꿈에서라도 만나보자. 그리운 님을 만나기 위하여 '꿈을 부르네'란 대목에 이르면 목이 매인다. 그리움이 고통으로 성숙된 증거다. 머리와 가슴을 짓눌러 견딜 수 없게 만든다. 참자, 참자라고 되뇌이지만 더 참을 수 없는 것은 고통으로 이어지기 때문이다. 이런 고통을 잊기 위하여 꿈을 부른다는 지경에 이르면 고통의 절정에 다다른 경우다.

당신과의 이 밤이 마지막일지라도
난 당신 곁을 지켜주고 싶습니다

당신의 고통이 아무리 클지라도
난 당신 곁을 지켜주며
고통을 덜어드리고 싶습니다

둘이 나누는 아픔은 절반으로 줄어들테니까요
괴로우나 즐거우나 당신의 아픔
덜어드리고 싶습니다
– 시 「고통」의 전문

이 시가 나타내고 있는 의미는 '당신의 고통'을 반으로 줄여주고 싶다는 김군자의 절규에 해당한다. 김군자가 사랑하는 사람이 당하는 고통을 그대로 볼 수 없다는 절박성이 드러난 이 시는 고통에 대한 처방이 된다. '당신 곁을 지켜주며/ 고통을 덜어드리고 싶다’는 말과 함께 ‘둘이 나누는 아픔은 절반으로 줄어 든다’는 김군자의 생각도 건전하다. 때문에 그가 고통에 대하여 생각하는 것들은 건강하다. 자신이 스스로 곁에 있어주어 고통을 반으로 줄이겠다는 것은 상대를 배려하는 마음에서 우러난다.

6.

김군자의 시를 살펴보면서 느낀 점은 그가 자연에 대한 외경심과 인간에 대한 사랑, 그리고 지난 일들의 추억을 가슴에 담고 인간의 고통을 잊고 살아가기를 바라는 마음을 시에 담고 있는 것이었다. 그는 자신의 이러한 생각을 끈질기게 철학적인 성찰과 노력으로 찾아내려고 노력한다. 때문에 그의 시 쓰기는 자신의 속내를 관조하면서 인간의 본모습을 찾는 노력의 일단으로 이해되어야 한다. 김군자는 자신의 주변에서 일어나는 모든 일을 시로 담아내는 데 큰 비중을 두고 활동하는 시인으로 인정받을 것이다.

인지
생략

over a wall poetry 12

별이 빛나는 바닷가

2010년 7월 10일 초판 1쇄 인쇄
2010년 7월 17일 초판 1쇄 펴냄

지은이 | 린다 김군자
펴낸이 | 송계원
편집 · 디자인 | 송동현

펴낸곳 | 도서출판 담장너머
등   록 | 2005년 1월 27일 제2-4102
주   소 | 100-273 서울시 중구 필동3가 55-1 301호
전   화 | 02-2268-7680
팩   스 | 02-2268-7681
이메일 | overawall@hanmail.net

ⓒ 김군자, 2010

ISBN 89-92392-18-1 03810
값 8,000원